KB071122

소소한 일상, 시가 되다

책 만 드 는 집   시인선 100

소소한 일상, 시가 되다

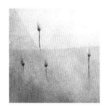

이수인 시집

책만드는집

사람이 살다 보면
자존심이냐 타협이냐

명예냐 불명예냐
갈림길에 설 때가 있다

나는
사랑 앞에서조차

나의 자존심이 먼저였다
(어리석게도……)

살면서 필요한 건
자존심과 명예다

그것이 주는
실질적 이득은 없다

그러나
나 스스로에게

당당한 삶을 지향하는 것이
내가 사는 힘이다

그것이
나의 글쓰기의 원천이다

- 2017년 가을
이수인

2부   여행

3부　단상

4부 　인생

1부
소소한 일상, 시가 되다

"밥도 안 되는
시를 쓰지만

밥을 먹는
이유가 되는 시"
－이수인

사랑이다

사랑을 하게 되면
이 세상의 주인공이 된 기분이다

이 세상의 중심에
너와 나 둘만이 있는 것이다

한 사람에게만
마음을 열어주는 일

한 사람의 마음만
받아주는 일

이것이야말로
세상을 다 갖는 것이다

서로가 한마음이 되는 것
이것이 사랑이다

어느 봄날 불현듯

어느 봄날 불현듯
먼저 떠난 그대가 그리워
무작정 거리로 나왔습니다

거리 곳곳에
그대가 다녀간 자취가
꽃으로 피어나고 있습니다

따스한 봄볕으로 와서
화사한 봄꽃으로 피어난 그대가
이 봄날 사무치게 그리워

봄 거리를 헤매고 다닙니다

온 거리를 헤매고 다녀도
거리 곳곳에

봄꽃으로 피어난 그대

그러나
어디에도 없는…… 그대

이 봄날 불현듯
그대가
사무치게 그립습니다

사무친 그리움이
거리거리마다
꽃으로 피어나고 있습니다

하지만
어디에도 없는……

사랑의 척도

사랑하는
사람에게서
고맙다는
말을 들으면

더 많이
사랑했다는 것이고

사랑하는
사람에게서
미안하다는
말을 들으면

좀 덜
사랑했다는 것이다

꽃구경

작년에
꽃구경 다니다가
몸살이 났는데

올해는
꽃구경하기도 전에
병이 났다

나른한 봄날

봄의
기다림조차
달콤하다

비극

너에게는
내가 만나야 될
인연인지 모르지만

나에게는
네가 만나야 될
인연이 아니다

너에게는 만나야 될
인연이 따로 있고

나에게도 만나야 될
인연이 따로 있다

이런 것을
우리는 엇갈린 운명

혹은

비극이라 한다

거짓말

가까운 사람이나
가족 간의 사소한 거짓말은

최소한의 마지막 보루 같은
끝까지 지키고 싶은
자신의 자존심이다

커다란 문제가
되지 않는 한 그 자존심은
지켜주는 것이

인간에 대한
예의이다

공짜는 없다

인생에 공짜는 없다

공짜를 받았다면
긴 인생을 사는 동안

언젠간 인생에서
받은 만큼의 손실이 있다

공짜 바라지 마라

공짜 바란 만큼
인생에서 어느 부분이
빠져나갈 것이다

쨍하고 해 뜰 날

내가 지금
맞고 있는 비는

누군가 맞았던 비고
누군가 맞을 비다

누구의 인생이든
비는 내리고 바람 불고
천둥 번개가 친다

그리고

누구의 인생이든
한 번쯤은

쨍하고 해 뜰 날이
반드시 온다

지금

지금
삶이 힘든 사람은

평생
겪어내야 할 삶의 무게를
열심히 덜어내는 중이고

지금까지의
삶이 평탄했다면

앞으로
살아내야 할 삶의 무게가
남았다는 것이니

삶이 평안할 때
항상 감사하며 살자

겨울의 민낯

겨울이면
꽁꽁 싸매도
더 드러나는 궁핍

싸매고
가리고 덮어도
드러나는 남루함

그래서
더 시리고
서러운 겨울

이제
부드럽고 따스한
봄바람에

미련이

남은 겨울이

쌀쌀하게 물러나고 있다

오래된 우물

아침에
잠을 깨면 까닭 없이
슬퍼질 때가 있다

오늘 하루
긴 시간은 또 어떻게 살아가지
아득해질 때가 있다

또 어떻게
이 긴 세월을 살아왔지
하는 아득함에

문득
삶이 덧없고 허망하게
느껴지는 순간이 있다

남은 삶의 빈칸은

또 어찌 메워나가나 하는
막막함에 울고 싶을 때가 있다

그럴 때 까닭 없이
슬픔의 원형에
다가가는 기분이다

그럴 때면
원 없이
울고 싶다

마음껏
울어본 적이 언제였나 싶게
눈물이 말랐다

오래된 우물처럼

노년의 삶

긴 여름이 시작됐다

삶은
지루하게 이어지고

하루는
속수무책으로 길었다

갈수록
지구는 달아오르고

점점
할 수 있는 일은 줄었다

심지어
하고 싶은 것조차 없어졌다

웃을 수 있는 일은
줄어만 가고

울어야 될 일만
남아 있다

남은 삶은
무미건조하게 흘러갈 것이고

기억과 추억은
희미해질 것이다

삶은
속수무책으로 흘러가다

어느 순간
마감될 것이다

이것이
노년의 삶일 것이다

춘분

춥고 매섭던
겨울이 가고 있습니다

새 울음소리
경쾌해진
가벼워진 햇살
부드러워진 바람

춥고 시리고 매섭던
겨울이 가고 있습니다

깊고 어둡던
밤의 터널이 끝나가고
따스한 낮의 터널로
들어서고 있습니다

꿈꾸는 자의 행복

나에겐
꿈이 있었지요

살면서
항상 간직했던 꿈

힘들 때도 슬플 때도
잃어버리지 않았던 꿈

고단한 삶 앞에
무릎 꿇지 않게
버팀목이 되어주었던 꿈

막막한 삶을
포기하고 싶었을 때
목숨 줄이 되어주었던 꿈

절망 앞에서도
희망을 갖게 해주었던 꿈

목매달아 죽어도 좋을
행복나무 같은 나의 꿈

시집과 순댓국

빈둥거리는
나를 보고

책 사 보고
시 써서
가을에 시집 내라고
남편이 용돈을 줬다

그 돈으로 나는
친구 만나
봄꽃 구경하고
순댓국에 소주 한잔 사 먹었다

봄바람 살랑
하늘을 향해 핀
하늘거리는 꽃잎들

시가 별거냐
이렇게 따사롭고 부드러운
계절 속에 머무는 이 순간이
시 한 편이지

세상이
꽃으로 환한
이 계절이 바로
시 세상이지

천지가 꽃으로 뒤덮인
이 세상이 바로
한 편의 시다

꽃이

시로 피어난 시 세상

시가
꽃으로 피어난 꽃 세상

2부
여행

"여행의 행복은
온갖 일을 처음으로
해본다는 데에 있다"

－짐 해리슨

여행 1

처음
여행하는 사람과

많은 곳을 여행한 사람이
느끼는 감동은 다르다

누가 더
행복할까라는
질문은 우문이다

누구에게나
처음이
있는 거니까

첫 경험은
누구에게나
황홀한 거니까

여행 2

여행은
사서 하는 고생이다

하지만

새로움을
마주하는 순간

사서 하는 고생은
황홀함으로 바뀐다

여행 3

책도
가져가지 말고

휴대폰도
가져가지 말고

사진도
찍지 말고

오로지

두 눈과
마음에만 담기

백야 1

해가
지지 않는 곳에서는
애타는 그리움이 있다

해가
지지 않는 곳에서는
목마른 그리움이 있다

해가
지지 않는 곳에서는
간절한 그리움이 있다

그리움이
멈추지 않는 시간

백야 2

해가
지지 않는 6월의
상트페테르부르크에서
하루 종일 걷고 싶다

해가
지지 않는
그곳에서

그리움의 시간이
멈추지 않는
그곳에서

그리움이
서러움으로

서러움이 다시
그리움으로 흐르는
그곳에서

그대와 함께
걷고 싶다

상트페테르부르크 1

수많은 사람들의
희생 속에 세워진
뼈 위에 세워진 도시

이른 봄날
뼈를 드러낸
자작나무 숲길을 걷는다

뼈만 앙상한
자작나무에서는

아름다운 도시를 만들다
죽어간 사람들의
울부짖음이 들리는 것 같다

상트페테르부르크 2

가늘고 기다란
나무가 도열하고 있는
자작나무 숲

상트페테르부르크
푸시킨의 도시

자작나무 숲을 지나
푸시킨의 거리를 걷는다

삶이 나를 속인다 해도
슬퍼하거나 노하지 말라던

슬픈 날 참고 견디면
즐거운 날이 반드시 온다던

모든 것은 사라지고
사라진 것은 그리움이 된다던

푸시킨의 시처럼

오늘은 그냥 걷는다

자작나무가
도열하고 있는
긴 도시를

모든 지나간 것들이
그리움이 될 때까지

바이칼호수를 따라

바이칼호수와
자작나무 숲을
끼고 달리는 시베리아 열차에
몸과 마음을 싣고 달려간다

차창을 스치는
아름다운 풍경 속에서

내 살아온
삶의 여정이
오버랩 되면서 온갖 감정이
파노라마처럼 펼쳐진다

기쁘기도 슬프기도
애달프기도 아쉽기도 한
온갖 감정에

눈물이 왈칵 솟는다

복합적인 감정의 끝은
슬픔으로 흐른다

바이칼호수를 따라
끊임없이

발트 3국

발트해에
속해 있는 나라의 시간은
천천히 흐른다

시간이 흐르는 것이 아니라
머물고 있는 것처럼
모든 것이 고요하고 사색적이다

아침 해가
요란스럽지도 않고

지는 저녁놀이
소란스럽지도 않다

아침은
조용히 밝아오고

따스한 햇살이
부드럽게 머물다

어둠이
적막하게 내려앉는다

밝음과 어둠이
다툼 없이 교대를 하는 곳

여유롭고 느긋하게
시간이 흐르는 이곳

나의 시간도
잠시 머문다

꽃의 도시 프로방스

꽃향기가
공기 속에 녹아들어
도시 전체가 향기롭다

그림자가 있는 거리
그림자가 지는 거리

자연이
훼손되지 않은 도시는

구름도
바람도
햇살도
달도 별도
향기롭다

꽃그늘 아래서는
누구나 봄꽃이 된다

꽃향기는
밤이 깊을수록
진해진다

단풍국 퀘벡

오로지

단풍 구경하러
멀고 먼 길
날아왔는데

계절이 일러
단풍은
구경도 못 하고

아쉬운 마음에
나의 붉은 마음만
남겨두고 왔다

쿠바의 살사 댄스

온몸에
음악이 흐르는
쿠바 사람들

몸속에서
리듬이 흘러넘친다

어디를 가든
사람과 음악이 있으면

온몸으로
리듬을 탄다

뜨거운 열정이
혈관을 타고 흐른다

라스베이거스

라스베이거스는

가장
풍요로워 보이지만
가장
공허한 도시

24시간
불이 꺼지지 않는
화려한 도시이지만

가장 잔인하게
외로운 도시이며
어둠의 도시이며

가장 메마른

바람이 부는
차가운 도시이다

노르망디 바닷가

태풍이
휩쓸고 지나간
바다엔
인적도 없고

치열했던
전쟁의 잔상은
어디에도 없고

갈매기만
평화롭게
서성거리고 있다

고요한 바다와
적막한 해변에서

노르망디 사과로 만든

칼바도스

한 잔 마시고 싶다

나이아가라

동틀 무렵
폭포 소리에
막힌 가슴이 뻥 뚫리고

폭포 물줄기가
뿜어내는 물보라에

온갖
번뇌와 잡생각이
순식간에
사라지는 듯하다

뇌 구석구석이
맑게 씻겨 나가는 기분이다

십 년은 더 살 것 같다

아프리카에는

아프리카에는
야생동물과
원시의 사람들이
함께 살고 있다

동물과 사람이
서로 어우러져
부락을 이루어 산다

페루의 달

밤 비행기로
쿠스코공항에 내렸을 때

어두운 밤하늘에
홀로 외로이 떠 있던
페루의 달

그때 나는
그 달의 태곳적 슬픔을
느끼지 못했다

태곳적
순수와 자연
사람의 적막한 슬픔을
그땐 몰랐다

오랜 순종과 인내가
서린 그늘이
눈동자에 스며들어
깊은 고독과 슬픔이 깃든 눈빛

넓은 산맥을 끼고 사는
사람들의 눈동자가
그 어두운 하늘에 홀로
떠 있던 달이었다는 것을

페루의 별

깜깜한 하늘에
보석처럼 반짝이는

페루의 별

페루의
하늘 구름 산맥을 닮은

순박한 그들의 삶이
눈동자에 스며 있어

때 묻지 않은
원형의 눈빛

태고의
순수함을 간직한 눈동자

페루의 별

3부
단상

"무언가를
잃어버리지 않고는
어른이 될 수 없다"
− 마이클 온다체

마음

겨울에는
햇볕 따라
양지 찾고

여름에는
햇빛 피해
그늘 찾는
마음

그게
사람 마음이다

마음 믿지 마라

눈물

흐르는 눈물은
마르기도 잘한다

눈물 믿지 마라

고장 난 시계

고장 난 시계도
하루 두 번은
시간이 맞는다

어긋난 인생에도
두 번의 기회는
올 것이다

초승달

밤하늘에
걸쳐놓은 해먹

가끔

옥토끼도
누웠다 가고

아기별도 와서
옹알이하다 가고

바람도 잠시
구름도 잠시
샛별도 잠시

머물다 간다

첫사랑

평생
퇴색되지 않는
추억

사랑

사랑은
마음을
훔치는 것

사랑은
마음을
도둑맞는 것

인생

인생은

차창 밖으로
스쳐 지나는
풍경과 같다

순간이다

대한민국

크다고 강한 게 아니다

넓다고 강한 게 아니다

많다고 강한 게 아니다

작지만
알차고 단단한 나라

이것이
대한민국이다

명절

치열한
전쟁을 치르고

처참한
패잔병이 되어

돌아오는 날

무제

나이 들어서는

몸 쓰지 말고

돈을 써라

임종

어둠이 내리고
다시는
아침이
오지 않는 것

소나기

온몸으로
그렇게

울어본 적이
언제였던가

카톡

카톡이
생기면서

목소리가
사라진다

모든 일을
카톡으로
주고받으니

사람의
목소리가
그리워진다

비행기

인간이 만든

하늘을 나는

거대한 새

좋은 엄마 되는 법

편애하지 않고

잔소리하지 않고

잔심부름

시키지 않는 것

모성애

모성은
본능적으로

혈관을 타고
흐르는 사랑

용돈

딸이
엄마에게
주는 돈은

용돈이 아니라
마음이다

인간의 길

내가
싫어하는 것은

상대방도
싫어하는 것이다

사람의 일생

거대한
오류 속에서

평생을
살다 간다

순간

인생을
통째로 바꿔도 좋을

순간이
있다는 것은

황홀한
행복이다

불야성

네온사인이
켜지면서

동심과 순수와
인간성도 같이

사라진 도시

공포

속을 모르는
바닷속처럼

무슨 생각을
하고 있는지

모르는 것이
공포다

광활지

땅이 넓으니까

비구름도

쉬어가며

내린다

주름

내가 살면서
얼굴에
그린 그림

내 인생의
희 로 애 락 이
새겨진 얼굴

밀회

회 중에
가장 맛있는 회는

밀회

숨어서 몰래
먹어야 하니까

4부
인생

"값진 인생이란
삶의 마지막 순간
과거를 떠올릴 때
허송세월했다며
후회하지 않는 것"

– 옌롄커 『물처럼 단단하게』 중에서

인생 1

사람은
누구나 설익은
시절이 있다

그 시절을
부끄러워할
필요는 없다

설익은 시절을
거쳐 온 것이
인생이기 때문이다

인생 2

사람의
인성이나 인격은
타고난 것도 있지만

살면서 경험이나
세월이 흐르면서
쌓이는

연륜에 의해
결정되는
것이기도 하다

설익은 과일이
시거나 떫거나 딱딱하듯이

과일도 익어야
제맛이 나는 것처럼

사람도
어리거나 젊을 때
시건방지거나
천방지축이듯이

나이가 들면서
세상 이치를
깨우쳐나가는 것이다

살면서
마주치는 사람들이
마음에 들지 않는다면

내가 설익었거나
상대방이 설익었다고
생각하면 된다

다 먹고 살려고 사는 인생

며칠 위장에서
음식을 받지 않아 굶었다

처음에는
빈속이 그냥 편했다

다음에는
빈속에서 기운이
빠져나간 듯 힘이 없다

기운이 빠진
몸에서
신음처럼 숨이 찼다

온몸의 힘이 빠지고
텅 빈 몸이

100

부들거리며 떨렸다

떨리는 손으로
허겁지겁
음식을 집어넣었다

사는 것은
산다는 것은

누구를
위한 것도 아니고

거창한 의미가
있는 것도 아니다

가지고 태어난

육신에 평생
밥을 넣어주는 것이다

살아 있는 한
끊이지 않게

똑같이

똑같이
자식으로 태어나
부모의 보살핌을 받고

그 자식이
자라나서 부모 되어
또 자식을 낳고

똑같은
삶의 순환 속에서
부모 자식 간의
부채감은 없다

그저 자기 그릇대로
살다 가는 것이
자연스러운

순환의 삶이다

욕심부린다고
더 가질 수도 없고

내 몸보다
더 큰 옷을 입는다고
그 옷이 내 옷 되는 것도 아니고

나한테 주어진 삶을
열심히 살아내는 것

나한테 주어진 현실을
부정하지 않고
받아들이는 것

이것이

똑같은 인생이다

나 본디

나 본디 하얬어
살아오면서
세월의 그을음이
덕지덕지 낀 거지

나 본디 여렸어
살아오면서
세상의 거친 풍파를
겪으면서 거칠어진 거지

나 본디 반골이었어
살아오면서
세월이 수없이 할퀴고 가면서
고분고분 살았지

이제

나이 들어가면서
슬슬 다시 본성이
나오기 시작하네

사회적 인간에서
멀어지면서
자기중심적 본성이
나오는 거지

나이 들면서
가장 경계할 시점이지

추하게
나이 먹지 않으려면

사진

내 눈으로 보고
내 마음에
찍혀 있는 장면이
영원히 남는 사진이다

젊어서는
젊음 하나로
풍경을
압도했는데

늙어가면서
풍경에
압도당하는
느낌이 들어

사진 찍기가

싫어진다

내 눈으로 찍어
내 마음에 저장한다

한평생

이런 인간
저런 인간
요런 인간
조런 인간들이

다 모여서
인류라고 하겠지요

서로 다름이
이상하고
잘못된 게 아니라

인간은
다 제각각
아롱다롱 다름을

인정하는 데
걸린 세월이
한평생이네요

반칙이다

똑같은 세상 살면서
똑같은 인생 살면서

이해 못 할 일 어디 있고
받아들이지 못 할 일 어디 있나

상식적인 면에서는
모든 걸 이해하고 받아들인다

단

상식이나 질서에서
벗어나는 것은 받아들이지 않는다

그건

똑같은 세상 살면서
똑같은 인생 살면서

반칙이다

가장 평범한 것이

모든 관계에는
경계가 있다

한쪽으로만 치우치면
반드시 문제가 발생한다

경계 또는 선이라 하며
중립의 다른 말이기도 하다

중립을 지킨다는 것이
쉬운 일이 아니다

중립의 또 다른 말

객관적이란 말로
표현할 수 있다

객관적인 생각을
할 수 있기도 쉽지가 않다

가장 평범한 것이
가장 어렵다

인생 한 바퀴

전생에 사람이 싫어
돌아앉은 돌부처였거나

속세를 뒤로하고
어둡고 무거운 중세 수도원으로
들어간 수도사였지 싶다

그렇지 않고야 현세에서
그런 부대낌이 있나 싶다

어려서부터 주변에
사람들 속에서
스트레스가 많았다

한때는 너무 힘들어서
내 인생에 넌더리를 치기도 했다

인간과의 부대낌이
무던히도 싫었는데

인생 한 바퀴
돌고 난 후에 깨달은 것이

인간이 성숙하지 못해서
단련시키는 세월이었나 싶다

내가 살면서 만났던
모든 사람이 나를 단련시킨
고마운 사람들이다

가시와 곰팡이

아파트 지하 헬스장에
두 여자가 있었다

한 여자는 오자마자
수다로 시작해서 수다로
운동 마무리하는 여자

한 여자는 헬스장에
사색하러 오는 사람처럼
입을 꼭 다물고 심각하게
운동만 하는 여자

서로를 바라보며
저 여자는 수다를 안 떨면
입에 가시가 돋나 보다 생각하고

다른 여자는
저 여자는 입을 다물고 있으면
입안에 곰팡이가 필 텐데 생각했다

수년이 지난 후
가시와 곰팡이는
평생지기가 되었다

소주 한잔

수없이 많은
먼 길을 돌아 돌아

이제야
편하게 마주 보며
소주 한잔 나누는
사이가 되었네요

참 오랜 세월이
걸렸습니다

당신이 나를 이해하고
내가 당신을 이해하는 시간이
이렇게 오래 걸렸네요

무수한 시간이

무수한 세월이
무수한 인생이

흐른 지금에야

편하게 소주 한잔을
나눌 수 있게 되었네요

남은 인생도
가끔
소주 한잔합시다

늙은 엄마 사진

돌아가시기 전에
엄마 얼굴을
핸드폰으로 찍었다

하얀 머리
주름진 얼굴
이가 빠져
오그라든 입술

그 주름마다
굴곡진 사연을
다 알지는 못하지만

그 삶의
이랑마다 고랑마다
한 고비 한 고비

넘어온 사연을 안다

치열함은
사라지고

처연함만
남아 있는

늙은 엄마 얼굴

미래의 나의 얼굴

죽긴 왜 죽니

늙으면
죽어야 한다던 엄마

장수 시대에
접어든 나이에

이 좋은 세상
죽긴 왜 죽니

오래도록 살아야지
억울해서 못 죽어

네 엄마
오래 사세요

대신
건강하게

인내 속에 핀 꽃

해로한 부부가
경이로워 보이는 것은

오랜 인고의 세월을
견디어왔기 때문이다

서로가
참고 이해하고 살아온

인내 속에서 핀 꽃이라
아름답다 말한다

원수 아님 동반자

남자 남편 그리고
원수 아님 동반자

여자 아내 그리고
동지 수행 비서

부부가 평생 살면서
서로 다른 점을 이해 못 하고

다름을 인정하지 않으면
전생의 원수가 되는 것이고

서로 다른 점을 인정하고
받아들이고 산다면
동반자가 되는 것이다

부부가 원만하게
살 수 있는 방법은 간단하다

상대방이
싫어하는 것만
안 하면 된다

남편

자식은
한 삼십 년 키우면
내 손에서 떠나는데

남편은
평생 내 몫이다

그것도
한 남자를 상대로

친구였다가
애인이었다가
아내였다가
엄마였다가

때로는

전생의 원수였다가

다역을 하는 일
참 힘들다

그래도
한 여자만 바라보며

시만 쓰는 남편이라
봐주며 산다

시 쓰는 부부

가끔 남편과
호수공원을 산책하며
이런 얘기 저런 얘기 하다가

지금 그 말은 시다
바로 적어도 그대로
시 한 편이다

서로
그럴 때가 있다

내 거야
내가 쓸 거니까
당신은 쓰지 마 한다

하지만

아무 상관이 없다

단어 하나
시선 하나

서로 다르게 표현하는
각자의
시 세계가 분명하니까

에피소드 1

여행 중에
남편이 일행들한테
신나게 카메라에 대한
이야기를 하고 있었다

우리 카메라는
며칠 동안 충전을 안 했는데도
지금까지 쓴다고
자랑하고 있었다

듣고 있던 일행들이

어머 어디 거예요
그런 카메라가 있어요

듣고 있던 아내가 하는 말

무슨 소리야
밤마다 충전했는데

일행들이 하는 말

두 분 같은 방
쓰는 거 맞아요

　　·

　　·

시만 아는 남자

에피소드 2

어느 날 남편이
알람시계가 고장 났다고
새 시계를 사다 달라고 했다

새 시계 사 온 지
얼마 안 가서
시계가 또 고장 났다고

이번에는
튼튼하고 좋은 시계로
사다 달라고 했다

왜 자꾸 고장이 나지
의아해하면서
시계를 자세히 봤다

알람이 울리지
않는다고 했다

건전지를 바꾸고
알람을 맞춰봤더니

갓 태어난 아이의
울음소리처럼
힘차게 울렸다
　　·
　　·

시만 쓰는 남자

에피소드 3

어느 날
깜빡이는 거실 등을 보고

전기선이 나쁜가 봐
내일 전파사에 연락해서
전기선을 바꾸라고
남편이 말했다

다음 날

나는
전파사에 연락하는 대신
형광등을 바꿔 달았다

전기가 좋아서
집 안이 환해졌다

.

.

시밖에 모르는 남자

이수인

서울에서 출생했으며 1978년 다락방 문학 동인으로 작품 활동을 시작했다.
저서로는 시집 『누구의 인생이든 비는 내린다』(1996) 『너를 찾아가는 길』
(1998) 『그래서 나는 행복하다』(2000) 『그대가 있어 행복합니다』(2004) 『꽃이
진 자리』(2014), 시선집 『빛나는 모든 것은 아름답다』(2010)가 있다.
지금은 경기도 일산에 살고 있으며 용혜원 시인과 부부 시인으로 창작 활동을
하고 있다.

소소한 일상, 시가 되다

—

초판 1쇄 2017년 10월 25일
지은이 이수인
펴낸이 김영재
펴낸곳 책만드는집

—

주소 서울 마포구 양화로 3길 99 4층 (04022)
전화 3142-1585 · 6
팩스 336-8908
전자우편 chaekjip@naver.com
출판등록 1994년 1월 13일 제10-927호
ⓒ 이수인, 2017

—

ISBN 978-89-7944-629-6 (04810)
ISBN 978-89-7944-354-7 (세트)